KB241005

젖은 눈으로

박몽구 시집

도서출판 푸른숲

젖은 눈으로

　창 너머 낙산 자락에 는개가 자욱하게 뿌리고 있다. 갈
길이 아득해 보인다. 이렇게 불투명한 날이면 시는
언제나 내게 더없이 귀한 길눈잡이가 되어주곤 한다. 한
줄기 언어의 광맥 앞에서 매번 단죄당하고, 솔직해지지
않을 수 없었다. 보석은 품안에 둔 자만의 것이 아니라,
그것을 찾아 헤매는 도정에 있는 사람에게 더욱 값진
것임을 믿는다. 당장 보석은 눈앞에 두지 않더라도 그
눈부신 광맥을 찾아 어둠 속에서도 깨어 있는 사람이고
싶다. 지칠 때마다 깨어 있도록 격려를 아끼지 않아온
지기들에게 이 시집을 꽃다발로 드린다.

1994년 가을
낙산 아래에서 저자 識

차 례

치자 분재 앞에서

애간장이 매듭 풀린 실타래처럼 얽힌 날이면
베란다에 나가 치자꽃을 본다
그 곤혹스런 향기가
내 깊은 속을 담배 연기보다 더 감미롭게
휘젓도록 내버려 둔다
그러다 문득 치자에게 다가가 보면
나는 참으로 매정한 사람이라는 생각이 든다
넓디넓은 땅 다 놔두고
뿌리를 제대로 뻗을 틈도 없는
허리 잘록한 화분에서 발버둥을 치고 있는
눈물인지도 모르면서
나는 즐기고만 있었나니
너무도 많이 못볼 것들을 담은 탓에
쓰리고 짓무른 눈앞에
그날 아침 테레비에서는
이웃에 수십 년을 함께 살아오면서도
자매인 줄 몰랐던 두 여인네들이
눈물바람으로 떨어질 줄 모른다
더 크게 갈라지고
깊이 곪은 우리들의 땅을

가리고 있는 값싼 눈물이
온 거리를 떠다니고 있는 작태가
눈을 내내 쓰리게 한다

청계천에서

너무 멀리서 찾지 마
가까운 데 있어
차고 긴 그림자만 드리운
세운상가 뒤편에 찾아오는 바람이 말했다
내장이 드러내진 컴퓨터며 콘덴서
코맹맹이 소리를 내는 전축
풀어진 여자의 치마끈처럼
헝클어진 화면을 보여주는 비디오들이 말했다
지금은 이렇게 깨지고 모지라진 몸들이지만
한 줄기 따스한 입김만 불어넣어도
우리는 멋진 무대를 만들 수 있어
멋들어진 노래와 가슴을 적셔드는 노래로
너를 사로잡을 수 있어
한쪽만 보는 눈앞에
줄서지 않는다고 버린 사람들 앞에
멋들어진 기계를 놔두고도
한 가지 노래밖에 부르지 못하는 사람들 앞에
알몸으로 누워서 손님을 기다리는 부속들이 말했다
언제까지나 이렇게 흩어져 있지는 않아
지금 부숴져 있는 몰골이

우리의 전부는 아니야
꽃샘바람에 실려 휘파람 소리를 내며
깨어진 음반이 말했다
지금 이대로가 우리의 끝이 아니야
언젠가 때깔 고운
노래 한 줄기로
너를 무너뜨릴 수 있어

젖은 눈으로 1

이제 내 여자의 젖은 눈 마르며
초롱초롱 번득이던 푸른 빛의 하늘은
태화강 가에 다시 오지 않는다고
이웃집 안부도 물을 수 없이
공장 매연이 는개에 풀려 내린다
강가에는 내 여자와 걷던 둑길 대신
눈을 가린 찻길만이 요란하게 달리고
마셔도 마셔도 채워지지 않는 석유와
사람을 파리 목숨보다 더 값싸게 여기는
배들로 바다는 만원이다
꿈을 캐는 마음들은 보이지 않고
침대들은 낮이 되어도 출렁거리기를 그치지 않는
태화강 가에 너는 무슨 바람으로 살아가느냐
모두가 는개 속에 몸을 감춰
저 하나 추스리기에만 바쁜 세상에
제 작은 밥그릇 나눠 떠돌이들에게 먹이며
겹겹이 포개진 물건들 밑에서
작은 십자가 하나 세우고
누구도 끌 수 없게
풀벌레 소리 찰랑거리고 있는 너를 보면

이래서 세상은 매연으로 숨이 막힐 수 없나보다
이래서 바늘구멍만한 빛은
저 어둠의 커다란 엉덩이로 짓누를 수 없나보다
수수께끼 하나 풀고
먼길 외롭지 않게 떠난다
다 퍼주고도 넉넉한 그리움아

비디오의 땅 1

폭염 속의 시간은 게 발자국처럼 느릿느릿하다. 벌써 몇 번이나 목욕탕에 들어갔다 나왔다 해도 기세가 꺾이기는커녕 엿가락처럼 늘어날 뿐이다. 이럴 때는 책 속에 희미하게 나 있는 길도 선반공들의 지문처럼 다 지워져 있기 십상이다. 굼뜬 시간의 꼬리에 찬물을 끼얹어 화들짝 깨어나 달아나게 하는 데는 비디오가 제격이다. 며칠 전 전자상가에서 얻어다놓은 비디오 시디 목록을 훑어보다가 '아파치'란 게 얼른 눈에 들어왔다. 먼지를 후후 불어내고 시디롬에 아파치를 올려놓았다. 컴퓨터 화면이 열리자마자 흡사 물방개의 머리처럼 단단하게 생긴 헬리콥터가 요란한 소리를 내며 노을 저편 하늘에서 압도해온다.

'늑대와 함께 춤을'이나 '모히칸 족의 최후'에서 보듯 가련한 인디언이 눈 쌓인 계곡으로 마지막 보루를 옮기는 영화쯤으로 알았더니, 찔러도 피 한 방울 안 나올 만큼 독충처럼 무장한 헬리콥터라니.

한 치의 오차도 없이 적의 심장에 내리꽂히는 미사일이며 레이더도 거뜬히 피해가는 아파치는 남미의 마약 소굴로 가더니, 마약 암거래꾼들의 소굴을 벌집처럼 쑤시고 만다. 해적왕처럼 생긴 놈을 박살내고, 농가의 헛간을 가장해 차린 필로폰 제조공장을 삽시간에 불태운다. 양민을 가장해 순박하게 웃는 처녀들에게도 차별을 두어서는 안 돼, 마구 기관총을 갈긴다. 오, 하느님 마약으로 처바른 적의 헬리콥터가 아파치를 끝까지 뒤쫓고, 오 하느님 아파치는 이대로 영영 절벽의 일부분이 되어가는가 하는 순간 그대로 수직으로 치솟는 장관을 보라. 텁수룩한 수염에 조종간을 잡고서 실실 웃던 적기의 조종사는 불꽃이 되어 떨어지고, 양키 가는 길에 패배는 없다. 한탕 멋지게 해치우고 돌아와 오늘 밤에는 허리가 잘록한 여자들과 실컷 출렁거려보자.

아파치 편대는 태양을 등에 지고 돌아온다. 붉게 타는 노을 속에서 문득 한국 속에 들어 있는 미국을 읽는다. 미국 속에 하나도 들어 있지 않은 한국의 난쟁이들을 읽는다.

무엇이건 부수지 못할 것이 없고, 아무리 높고 험악한 산이라도 숨을 수 없다는 듯 꼬리를 흔들며 돌아오는 맹수 아파치 속에, 한 줄기 사랑을 지키기 위해 매서운 추위를 모포 한 장으로 가린 채 더 깊은 산으로 들어가는 아파치의 슬픈 얼굴은 없다.

약한 것을 강하게 강한 것도 오징어 등뼈처럼 흐물흐물 주저앉게 만드는 마술의 끈이 노을 속으로 한없이 늘어뜨려진 것을 본 사람은 없다. 개미마저 멋지게 없애는 아파치의 활약에 멋진 박수를 보내며, 늪 같은 시간을 멋지게 흘려보내며.

비디오의 땅 2

퇴근길에 용산전자상가에 들러 '유연실 영상 고백' 비디오 시디를 한 장 사들고 들어왔다. 아내는 모처럼 일찍 들어온 남편이 대견하다는 듯 식탁이 비좁을 만큼 저녁상을 보아왔다. 어쩔 것인가. 그런데 살집이 좋아 보이는 굴비에도 입맛을 돋우라고 올려진 오색 나물에도 침이 돌지 않음에랴. 숟가락을 드는 둥 마는 둥 내 방으로 달려가 처음 만난 여자를 만지듯 조심스럽게 포장을 뜯고 시디롬에 유연실의 벗은 몸을 올려놓았다. 세상은 참 많이도 바뀌었다. 볼펜을 꺾어버리고 이사갈 때마다 남들이 다 부러워하는 보물이었던 타자기를 몰아내고, 안양 변두리 신도시의 좁은 방에 컴퓨터는 싱그러운 잎새와 시원한 바다를 펼쳐준다. 철썩이는 파도 소리에 따라 여자는 벗는다. 물보다 희게 휘감기는 허리를 보며 숨을 죽인다. 아내는 칭얼대는 아이와 싸우며 열대야를 죽이느라 아무것도 돌아볼 틈이 없는 모양이다. 하지만 시시껄렁한 연속극도 곧 서울 하늘로 날아올 것 같은 북한 핵탄두도 내 푹 퍼진 엉덩이를 컴퓨터 앞에서 일으키지 못했다. 밤비는 철철 더운 김을 품은 채 내리고, 지금 빛나는 것이라곤 칠흑 같은 바다 한가운데서 여자가 홀가분하게 허물을 벗는 소리뿐. 바닷물이 씻겨간 모래판에 모로 누운 여자에게서 잠시도 눈을 뗄 수가 없다. 다시 밀려갔던 파도가 되돌아오기 시작하자 여자는 벌떡 일어서서 겨드랑이를 활짝 펴고 파도 갈기와 하나가 된다. 그렇지 그렇지 조금만 이쪽으로 틀어야지. 한껏 입을 벌린 바다에게만 너를 다 꺼내 보이지 말고, 이쪽 좀 돌아봐야지. 그리고 부드러운 몸을 나눠줘야지. 당신도 울고 있네요. 여자의 샅 사이로 흐물거리는 모래밭에 나는 몇 번이나 몸을 비볐는지 모른다. 저토록 풀잎같이 가는 여자가 바다를 온전히 가릴 수 있다는 건 얼마나 대단한 일인가. 얼마큼의 시간을 죽였을까. 그때 더워진 문을 밀고 들어온 것이 아무렇게나 머리를 헝클어뜨린 아내였다면 한껏 성이 난 파도는 낡고 보잘것 없는 책들로 삐걱거리는 내 서재를 온통 물바다로 만들고 말았을지도 모를 일이다. 빼꼼히 열린 문틈 새로 눈이 맑은 내 아이가 얼굴을 내밀었다. 아무래도 여자의 하얀 배로도 다 가릴 수 없는 것이 이 세상에는 남아 있는 것일까. 마침 침침한 형광등 불빛을 받아 난반사되는 화면 위로 먼지를 뒤집어쓴 책 몇 권, 멈춰서 있는 전철을 타려고 안간힘을 쓰는 사람들의 몸싸움 장면이 실린 신문 한 장이 비쳤다. 철 모르는 아들을 서울로 보내놓고 소줏잔을 기울이는 아버지의 빛바랜 사진도 천장 가까이에서 더운 바람에 쿨럭거리고 있었다. 발 빠르게 바뀌고 있는 세상의 헐어빠진 옆구리를 들춰보고 있는 아이의 맑은 눈을 피할 수 없어 번쩍 안아들였다.

동숭동 연가

이젠 김지하가 친구들의 하숙집을 전전하던
하숙촌은 어디에도 없다
막걸리 한 됫박값 20원만 있으면
몇날며칠이고 대취할 수 있던
따스한 방도 없다
춥고 낡은 학림의 계단 대신
으리으리한 유리벽 저편에
먹음직스런 빵과 켄터키 치킨과
둘만이 밀착시킬 수 있는
밀실의 노래방이 가득 차 있다
세상은 많이 바뀌었다
굶고 다니는 시인은 어디에도 없고
굼벵이가 구물거리는 축축한 방도 없다
물질이 넘치고
어둠이 사라지고 번쩍거리는 세상에서
먹고 마실 것을 걱정하는
불쌍한 친구는 어디에도 없구나
하지만 친구야 마음이 추운 건 웬일이냐
나눌 것이 많아진 세상에서
우리는 속엣말 꺼내어 나누지 않고

몸으로만 부딪치고 웃는구나
가까운 데서 친구가 죽어가도
눈 하나 깜짝 않고
오늘 저녁 테레비 프로에만 신경을 쓰는
너는 누구냐

동숭동의 봄 1

서울의대 건너 옛 문리대 자리로 들어서는 길
파랑새극장 앞에 노란 개나리떼가 줄지어 서 있다
독한 사람 냄새에 떠밀려
훌쩍 떠버린 종다리 대신
인형극을 보자고 늘어선 아이들이 재잘거리며
봄소식을 나르고 있다
파랑새극장 앞 활짝 웃는 개나리를 보고 있으면
매연으로 막힐 것 같던 숨이 트이고
무거워진 겉옷을 벗어던지고 싶다
가슴을 열고 극장 안으로 막 들어서려는 나를
낙산을 내려오는 바람이
아서라 아서 막는다
향기 없는 개나리떼 한 자락만 밀쳐내면
재개발로 헐어낸다 해도
오갈 데 없는 사람들의
죽인 울음소리 크게 들린다

동숭동의 봄 2

봄비 질금질금 내리는 날
장충극장에서 스필버그의 '쉰들러 리스트'를 보았다
흠 하나 없이 말끔한 스크린 대신
세 시간 내내
내 깨진 가슴에서 질금질금 비가 내렸다
극장 밖으로 나오자마자
알몸으로 가스실에 끌려들어갔다가
샤워만 끝내고 나온 유태인 여자들처럼
막힌 속이 횅 뚫린 것만 같다

집으로 돌아오니
광주항쟁이 저문 다음
상무대에서 고문에 못 이겨 벽에 머리를 짓찧었던 영철이형이
정신병원을 전전하다 죽음을 목전에 두었다는 전언이다
요깃거리를 찾아 꼬르륵거리는 위를
냅다 인왕 쪽으로 던져버렸다

신명을 위해 화음을 위해

이제 춤으로 한 세상 건너려 하나니
화음을 잃은 사람들이여 등돌리지 말아라
곱사등이 병신춤을 춘다 한들
침묵의 무대를 진종일 편다 한들
우리들의 겉모습에 눈을 돌리지 말고
멍든 가슴 깊은 곳에 자리한 아픔을
때로는 슬픈 눈으로 치떠는 입술로

함께 들여다보며 포옹할 일이다
춤이여 영혼의 심지를 태우는 생명이여
이제 네 때묻지 않은 눈을 통해
얼크러진 실밥처럼 흐트러진 세상
바로 보려 하나니
가도가도 모래뿐인 우리들의 마을
신명으로 넘치게 하려 하나니
정갈한 마음들 춤 사위사위마다 모여
외토리처럼 굴러다니는 소리들
밑 모를 탄식들 산같이 쌓인 원망들
마침내 터질 곳 제대로 찾아
혼신의 힘으로 일어서게 하라
헝클어진 마음들 얼음 풀리듯 녹게 하라

운주사에 가서 1

흔들리는 가을비 속에
얼굴 가린 채 핀 산국 한 무더기
그리운 나라로 가는 길목마다
깊은 상처만 뿌려놓았네
술기운같이 번져가는 꽃향기에 취해
길 잃은 나그네 무릎을 푸는데
천년을 기다린 와불이
솔바람 한 올을 보내
외롭기는 아직 이르다고
화순 동복 황금벌로 등을 떠미네
어깨를 누르는 소금짐이야
쓴 약처럼 지고 넘기 어렵지만
지금 풀어버리면
한몫 쥘 날은 더 멀리 밭을 뺀다고
희멀건 보시함 제아무리 수북해도
돌부처의 가슴은 더워지지 않는다고
황금색 돌로 뺨을 씻어
먼 길을 열어놓네

만리재의 첫눈 속에서

먼 남쪽으로 가기 위해
연방 기적을 울리는 열차들의 입김이
노란 단풍잎을 날리고 있는 서부역 뒤편
설을 몇 달이나 남겨둔 채
일찍 내년 달력이 걸려 있네
아무리 바쁜 사람이라도
쉬어가지 않을 수 없을 거라며
나목보다 더 시원한 몸매로 손을 흔들고 있음을 보면
마포 나루로 닿는 짐
넘기기 제아무리 버거운 만리재라 해도
세상은 참으로 살맛이 나는 것만 같은데
한 발짝 건너
벌써 여름부터 새해 달력을 찍어온 인쇄소에서는
벌써 보름째나 월급을 밀친 채
기계가 졸고 있네
남태평양에서 벌거벗고 헤엄치는 미녀가
지금이라도 곧 서울 거리에 뛰어들 것 같고
늦가을 바람이 매섭다 해도
사과빛 싱그러운 살결로 녹여버릴 것처럼
뜨겁게 사람들을 달구고 있는 사이

주머니를 털린 사람들 아무리 큰소리를 쳐도
듣는 사람 아무 데도 없네
주말에는 다른 생각을 하지 말라고
미스코리아 출신 팔등신들이
안방극장을 꽉 채워버려 눈 돌릴 틈 없는
만리재 고개 너머의 이야기는
듣지 않아도 좋다고 벌거벗은 신문이 온 거리를 덮고 있네

뒷걸음질

모든 걸 포기한 듯
허공으로 팔 늘어뜨렸던 은행나무에
어느새 온통 초록모자 펄럭이는 걸 보아라
봄의 피는 돌고 있는가
봄 하늘에 뿌려진 보석으로
회색으로 짓눌려 있던 벽들 반짝이고
어깨 겹치고 잠자던 풀들
일어서서 바람에 머리를 맡기는 걸 보면
먹구름은 저만치 물러갔는데
아직 하나도 미덥지 않은 건 웬일이냐

때 아닌 눈물로 가로수가 젖지 않아도 되고
어떤 제지도 없이
거리로 쏟아져나온 사람의 홍수를 보아라
개미집 하나도 허물지 못하고
뿔뿔이 흩어지는 사람들 위에
12년 전 그날의 금남로를 겹쳐보아라
아무것도 손에 쥐지 않고
따스한 체온을 나눔으로
그날 그 자리에서 이별한다 해도 좋아서

두꺼운 얼음 위에서도
더욱 뜨겁게 사랑을 나누던 이들은 어디 갔는가

그 더운 피를 나누어 받아
겨울 언덕을 거뜬히 넘어놓고도
오늘은 찬 얼음으로 돌려주는
사람들을 보아라
다시 가로놓인 깊고 푸른 어둠 앞에
제 창을 밝히는 불빛 빌려줄 생각 없이
아무것도 제 앞에 놓지 않은 사람들이
만든 열매를 놓고 저렇듯 다투는……

요즈음 천지길

세상이 달라지기는 참 많이 달라졌다
예전에는 아홉시 뉴스만 켜면
곧바로 대머리가 번들거리던 시절이 있었는데
요즈음은 계절을 앞지른 제주도 꽃소식도
가뭄으로 목마른 고향 소식도 들리니
많이도 달라졌다
털끝만 건드려도 터질 것 같은 지뢰밭을 훌쩍 넘어
남포에 갔다온 김우중 씨가
합작공장을 세운다는 소식을 들으며
다시 한 번 세계는 좁고
우리가 할 일은 없다는 생각이 물컹 든다
북쪽 형제들의 값싼 노동력과
미국을 등에 업은 자본을 합쳐
일본의 코를 납작하게 해줄 거라는 낭보를 들으며
무릎을 한번 꼬집어보고 싶은 마음이다
지금이라도 녹슨 철조망 시원하게 걷히고
백두산 천지로 가는 길 훤히 뚫릴 듯한 기분이다
하지만 그 장밋빛 꿈을 한꺼풀만 벗기면
40년이 넘게 갈라진 땅의 아픔을 온몸에 새기느라
수수깡처럼 마른 노인 하나
제 집으로 돌려보내지 못하는 걸 보면서

두 눈이 쑥굴헝 되도록
제대로 잠 못들게 하는 걸 보면서
진주알 쉴 새 없이 떨어지는 금강산 옥류동
제아무리 탐나도 발걸음 내키지 않는다
그리움에 목마른 눈들
진흙 속에 박아둔 채
빼앗긴 땅을 돌아
밤손님처럼 백두산에 올라가 마시는
천지 물이 더 이상 목에 넘어가지 않을 것 같다
곤혹스럽게 벗은 여자가 출렁거리는 스크린 속에서
적당히 떠들고 적당히 챙기는 종이 위에서
분계선을 무시로 넘나드는 인사들이
뜨겁게 악수를 나누는 저만치 숨은 총이
그리움에 목마른 손들을 가로막는
북쪽 형제들을 핑계로
남쪽 형제들의 땀을 헐값으로 묶어두려는
저 파렴치한 음모 앞에서
우리들이여 이제 천지길을 막아버리자
조금은 목마르더라도
조금은 아픔에 죄어들더라도
모두 어깨 걸고 함께 가자

현저동 새 번지에서

무악재 너머 현저동 101번지에 부는 바람을
더 이상 막을 벽은 없다
내 청춘의 눈을 가려
대낮에도 밤처럼 어두웠던
희고 아스라한 벽은 무너지고
오늘은 그 자리에 은행잎들이 노란 손을 흔들고 있다
발을 묶었던 그 감방 자리에서는
치부의 꿈으로 쑥쑥 솟아오른 아파트 숲에
터전을 빼앗겼던 새들
보석을 문 채 날개를 활짝 펴는 소리
세상은 크게 바뀌었다고
길손들 귓전을 때리는데
문득 멧새 몇 마리 둥지를 튼 자리에
남아 있는 곰보 자국이 나를 멈추게 한다
어느 피어린 손으로 긁어내려 갔을까
달력 대신 그어내려간 무수한 막대글씨가
아직 맺지 못한 자리에서
눈을 들어보니
겨울이 오기 전에 철거될 운명에 놓인
산1번지 떼닥떼닥 붙은 집들이

포크레인의 턱 앞에 오들오들 떨고 있다
몇 사람이 희고 말쑥한 새 집을 얻겠지만
새떼처럼 많은 철거민들은
달이 더 가까운 산동네로 힘든 걸음을 옮길 것이다
부처님 이마처럼 훤해진 현저동 101번지
깨진 블록과 뿌리가 썩은 관상수 사이로
영장도 없이 끌려간 장기표가
보이지 않는 창살 사이로 울부짖고 있다
옥죄어드는 밧줄을 피해
푸드득 날아오르는 새들이
멋모르고 그의 울음을 지워버리는 사이로
크고 외로운 방의 전망이 참 좋다

부용꽃

휑한 들에서 만날 수 있기로는
허수아비와 노인네들의 굽은 등밖에 없다고
모두들 한탄이 하늘로 닿는데
금평리 잔치 마당에는
쇠뿔이라도 뽑을 듯 청년들의 웃음소리 넘치는구나
서울서 대학 나온 색시가
종권이한테 시집와 육례를 치르는 자리에는
모처럼 사라졌던 노래가 나오고
어깨춤이 저절로 들썩거려진다
무슨 재주가 그리 좋아서
수박 접밖에 붙일 줄 모르는 농투성이가
배울 것 다 배운
갓골 어린이집 선생을 붙들었을까
이따가 밤이 되면 봉당에 매달고
바른 말이 나올 때까지 족치자고
벼르는 벗들 사이로
누구도 함부로 가져갈 수 없다는 듯
햇살 좋은 벌판에 보석이 일렁인다
잘 사는 자리가 따로 있지 않아
함께 어울려 사람 살리는 농사 짓고

우리네 가을을 제값 부를 수 있다면
살아볼 만하다는 부모들 반대도 뿌리친 채
약혼식 대신 들일을 따라나서던 서울 선생님
따로 산 찾아 물 찾아 다닐 것 없이
여기가 얼마나 좋은 혼처냐고
시냇물에 호미를 씻던 색시의 손에
제대로 사는 법 새겨져 있다고
동네 아낙들 너 나 없이 만져보는
혼례마당에 부용꽃 부끄러워 고개를 드리웠다

땅끝에서

옷고름 한 매듭만 풀면
뭉클한 맨살 드러날 듯
석죽꽃 펄렁이는 남쪽 끝 포구에 앉았다
세발낙지를 들고 술청을 누비던 새악시는
귀 밑에 연방 맺히는 이슬도
돌보지 않은 채
한잔 술에 그만 나그네를 녹이는데
속없는 나그네야 다 풀었다고 생각하지 마
갯바람이 와 뒷덜미를 후려친다
압구정동 홍등에 뿌리는 하룻밤 팁으로도
얼굴 없는 어음 한 장으로도
무지랭이들의 땅 다 삼킬 수 있겠지만
끝내 가져갈 수 없는 것이 있다고
땀으로 도드라진 새악시의 젖꼭지가 말했다
보길도로 가는 뱃길에 늘어선 객지 차들을 보며
나이답지 않게 저승꽃 듬성듬성한
새악시의 손이 말했다
한 겹 벗겼는가 싶으면 다시 한 겹
맨살 잡힐까 싶으면 다시 미궁
속살을 보여주지 않는 바다안개는 깊어
계산기로 두드려지지 않는 것들을 담고 있다

겨울꽃

지금쯤 문흥동 뒷산에서 제비꽃이 되어 있을까
시린 산비탈에 그리운 햇발로 일렁이고 있을까
내뿜자마자 입김도 그대로 고드름이 되던
노루꼬리처럼 짧은 해 아쉽기만 하던
10 · 26 나던 해 겨울
유난히 바람 차갑던 특사 한 모퉁이
아직 오명을 씌우기에는
두 볼에 번지는 웃음이 너무 애띤 소년에게
몇 번이고 기운 누비옷 걸쳐주던
북에서 잘못 내려와 20여 년째
청춘을 짓이기던 속죄양 한 마리
일 년 다 가도 면회 올 사람 하나 없어도
어린 소년이 배고플 때면
어디에 숨긴 것인지
맹물에 녹여주던 건빵은 얼마나 든든했던지
어디선가 들려오는 산짐승 울음소리 비명소리
철 모르는 어린 것이 떨 때마다
텁수룩한 수염의 할아버지가 흥얼거리던 콧노래는
갇힌 방을 넘어 하얀 담을 넘어
눈발 머얼리 퍼져나가던 노래는
얼마나 달콤한 자장가였는지

고창읍성에 가서

수백 년이 흘러도 이끼 색깔 하나 변하지 않고
너는 찔룩백이 황소처럼 서서
무엇을 지키느냐
돌개바람이 몰아쳐도 솜털 하나 건드릴 수 없이
든든하게 땅에 서서
누구를 그토록 기다리느냐
피 맺힌 들 하나에
흰옷 걸친 땅의 사람들
시신 하나씩 묻어 쌓은 성이
물 건너오는 외적을 다 막았다는데
오늘 그보다 몇백 몇천 배의 성을 쌓고도
우리는 하나도 지키지 못하지 않는가
정작 지켜야 할 것들은 하나도 지키지 못해
노른자위 광화문은 활짝 열어둔 채
따스한 체온을 나눠
험한 산 넘어야 할 사람들끼리
이리도 제 살을 물어뜯고 있구나
찔룩백이 황소처럼
왼통 툭툭 불거지고 터진 손으로
빈 집만 지키지 말고

그리움으로 기다리던 사람끼리
포옹 대신 울울한 가시들만 내밀며
제 살들을 물어뜯는 사람들을 즐기는
저 숨은 얼굴들을 드러내라
저 검은 침입자들을 지켜라

이 세금 속에는

컴퓨터가 세상을 바꾼다는 사실을 모르는 사람은
이제 병신 취급을 받는 세상이 되었다
아무리 비틀거리는 글씨도
분 바른 여인 얼굴처럼 말쑥해지고
산더미같이 널린 문서 나부랭이도
쏙쏙 삼켜버리는 이놈 앞에 앉아 있노라면
시간의 화살은 참으로 빠르구나 하는 생각이
저절로 꿀맛처럼 솟아난다

그런데 엊그제 일이었을까
컴퓨터 가게에서 가져온
새 디스켓 봉투를 뜯을 참인데
무심코 눈에 들어와 박힌 몇 글자가
정신을 번쩍 들게 만들었다
'당신의 구매는 1993년 미국 올림픽 팀을 돕습니다'

이 작은 디스켓 하나 우리 손으로
변변히 만들지 못한다니
어머니의 때묻은 손이 빚은
구수한 떡 내음을

켄터키 치킨이 송두리째 몰아낸 것만이 문제가 아니다
공해로 찌든 우리들의 몸이
비대하는 사이에
내 머릿속에 남의 생각이 가득 차
어쩌지도 저쩌지도 못하는 슬픈 날이
멀지 않을 수도 있다는 생각에
목젖 너머에서 뜨거운 것이 막혀 올라왔다

닮은꼴을 찾아서
―코스타 바그라스의 〈실종〉 앞에서

줄리에트 그레코의 머리칼처럼 넘실거리는
커피나무 숲을 설레이는 가슴으로 헤쳐가면
진한 커피 향기 대신
죄명도 없이 사라진 사람들의 얼굴이
가도가도 끝없이 이슬로 얽혀 나온다
팔등신 여자의 허리처럼 쑥쑥 올라간 호텔의 벽들을 보며
우리들이 출렁거리는 침대를 떠올리는 동안
벽 속에는 가방째 끌려간 젊은 친구들의
외마디 절규가 박제처럼 켜켜이 눌려 있다
화면 가득 푸른 옷소매 펄럭이며
해변의 누이들은 나를 덮칠 듯 달려오지만
나는 떨려 수수깡 하모니카처럼 떨려
닮은꼴을 만난 공명상자처럼 슬픈 소리를 내
먼 바다 건너 투자가들의 거대한 공장을 지키기 위해서라면
몇몇 말썽쟁이쯤이야 사라진들 어떠랴
헐값의 땅이야 몇 에이커쯤 떼준들 어떠랴
연일 김빠진 웃음소리가 낭자한 가운데
외롭게 외아들을 찾아다니는 미국의 아버지를 보며
남의 일 같지가 않아
몇 달째 외눈박이로 집 밖을 떠도는

아들을 기다리며 오늘도 문 밖으로 흐린 눈을 돌리는
한국의 여윈 아버지가 거기 겹치대
어이없이 잃은 어린것을
가슴에 묻은 어머니 젖은 눈이 짓물러 있대

어떤 그늘

한국전쟁에서 금 같은 형제를 잃은 뻐꾹 할매는
미움이 쌓이면 가슴에 멍울로 맺힌다고
매양 흐린 눈을 남쪽 바다로 닦곤 했다
거기 속눈썹에 떠오르는 이어도를 보며
금싸라기 같은 아이들을 저 바다는
돌려준다 했는데
난데없이 제주 공항에 내린
고르비의 전용기는
아이들이 돌아올 뱃길을 지워버렸다
수십 년 켜켜이 쌓인 할매의 돌담을
때아닌 꽃샘바람이 허물어버렸다
어둠 속에서도 대낮같이 활짝 흐드러진
유채꽃 그늘에 가려
수삼 년이 지나도록 시신 하나 수습하지 못하고
사할린 앞바다를 떠도는 모슬포댁 지아비가 돌아올
바닷길도 고래등 위에서
산산이 부서져버렸다
영원한 적은 없다고
넘을 수 없는 장벽이 가로놓였던 적과도
한밤중에 만찬을 함께하는 동지가 될 수 있음을

서울에서 공수된 으리으리한 가구들로 꾸며진
48평의 스위트 룸은 잘 보여주는데
한솥밥에서 고달픔을 나눠 마시던
기름밥 형제들은 그날 밤
쇠고랑을 찬 채 찬 방에서 자야 했다
풀뿌리는 아직 하나도 물을 나눠 마실 생각이 없는데
마른 가지끼리 얽히고 설켜 울고 있는
오늘의 획이 흐려
새벽으로 가는 편지는 뱅뱅 돌고 있다

예감

하루가 다르게 옷을 갈아입는 것은
울긋불긋 색감을 더해가는 내장산 단풍만은 아니다
내가 일하는 건물에서 내려다보면
얼마 전까지만 해도
남쪽 창으로 고향 집 마당이 비칠 만도 했는데
줄기를 뻗어가기 시작한 담쟁이가 막더니
요즘 들어서는
하룻밤만 새고 나와도
공터에 불쑥불쑥 들어서는 건물들이
흐리게나마 고향으로 열린 눈을
감겨버렸다
마로니에 잎새들이 가을갈이를 하는 것보다
은행들이 마른 얼굴을 하는 것보다
더욱 빠르게
날만 새면 카페가 들어서고
파리의 상제리제를 그대로 옮겨놓은 듯한
음식점 건물이 들어서는
이 개벽을 어떻게 설명해야 할까
화려한 거리의 한켠에서는
가여운 딸들이 소리도 없이 사라지고

북적거리는 음식점에 즐비한 피자의 한 조각 값도 못 되는
밥을 찾아 떠도는 혼들이
잠 못 이루는 이 대칭형을 어떻게 설명해야 할까

5월 9일날 종로에서

사람으로 길이 막혔지만
하나도 불편하지 않다
별이 뜨지 않았지만
사람들의 갈 길은 분명해 보인다
마음에 없는 눈물을 흘린다는 게 이토록
슬픈 일인 것을

체면도 잊고 시 속의 목소리도 잊고
골목으로 달아나면서
뼈아프게 내 탈이 벗겨지는 소리가
나의 깊은 안쪽에서 울려나왔다
가냘프디가냘픈 누이들이
전열의 앞에 서서
그 독가스 같은 최루가스에도 굴하지 않고
나아가는 걸 보면서도
귀를 빌려주지 않는 사람들에게
막힌 길이 훤히 보였다

서 있는 여자가 아름답다 했던가
쥐꼬리만한 남편 월급으로는
하늘 모르고 치솟는 전월세값이랑

밑 모르게 애들에게 들어가는 돈을
감당하기 어려웠더니
애를 낳고 나서도 일터에 나갈 수 있으니
얼마나 좋으냐고 부추기던 서울 사람인 나는
얼마나 속이 없었던가
새벽같이 맞벌이를 나가느라 애 맡길 데가 없어
열쇠를 채운 채 집안에 두었다가
때로 이를 잡다가 초가를 태우듯 하고
놀아줄 사람이 없어
어린 가슴에 멍을 드리우는 걸 왜 모르느냐고
예식도 늦추며 무료 탁아소를 꾸려가는
은애는 빙긋 웃었다
힘깨나 쓸 만한 젊은이들은
하나같이 밤거리로 나가고
검은 물이 쑥쑥 빠지며 몸을 망치는
가죽 공장이며 염색 공장에 나가는
이들의 가난도 가난이지만
그들의 시들어가는 새싹을 누가 돌볼 거냐며
해맑은 아이들의 땟국을 씻어주는
뒤로 땅거머리처럼 엎드린 닭장집들 창에
도란도란 피어나는 불빛이 정겨웠다

대천 앞바다 해녀

여름 내내 그토록 북적거리며 쌓았던
모래성은 잔해도 남김없이 스러지고
까치놀만 타는 대천 앞바다
뾰죽뾰죽 뿔난 바위 틈새로
해맑은 해당화 몇 송이 길손을 부르네
그 소리에 이끌려 파도 갈기에 서면
어여쁜 꽃 온데간데없고
창포빛 바다에서 막 나온 인어들이
보석같이 귀한 초가을 볕에 몸 녹이고 있네
한데 참 이상한 일도 있지
연방 무지개를 만들며
튀기는 파도 앞에
인어들이 알몸으로 서 있어도
우리들의 남성이 조금도 꿈틀거리지 않대
외지인들이 제 즐거움만 챙긴 다음
훌쩍 떠나면서 버린 여름의 잔해 탓에
죽은 바다를 피해
먼 바다까지 가 까치놀을 따오느라
지친 몸 바위에 기댄 그미들을 보면
어느새 눈앞이 물안개로 흐려지대

허접쓰레기 몸 따위 버리고
어머니의 품처럼 발간 그리움으로
달려가 안기고 싶대

새벽 노래 1

예배당에 휘황하게 드리워진
황금색 벨벳이나 만지는 대신
매양 철거민들의 헤진 살을 깁고
퍽퍽한 땅을 파 함께 나누느라
거북이 등보다 더 갈라진 그의 손 어디에서
그토록 커다란 힘이 솟았을까
까무잡잡하고 측백처럼 굽어 자그마한 몸매 어디에서
그토록 큰 힘이 무럭무럭 솟았을까
무섭고도 거대한 외력에게 짓밟힌 산하를
하나로 잇기 위해
양키도 말리고
양키의 등에 업힌 군부도 말리는
갈라진 땅을 다시 붙이는 일을 위해
베를린에 가서 전세계에 흩어진 동포들과 얼싸안고
조국은 하나가 되어야 한다
이국의 땅에서 머리를 맞대고 오는 그를
저들은 얼마 안 있어 쓰레기통에 들어갈 법을 들어
돌아오는 대로 그를 잡아넣겠다고 협박했지만
그는 아가리를 벌린 감옥도 무섭지 않게
가슴을 활짝 펴고 돌아오는 그를

칼을 쥔 사람들은 꽁꽁 묶어버렸지만
이해학 형은 날개를 단 듯 자유롭구나
철거민의 땅 한가운데 교회가 선 지
스무 돌이 되던 아침
그가 없어도 구름같이 모여서
노래하고 춤추며 그가 곁에 있을 때와 마찬가지로
내일을 준비하는 이들을 보면서
얼마나 마음 든든했는지 모른다
캐터필러로 밀어도
억센 주먹으로 모래알같이 밀어도
끝내 흩어질 수 없는 것들이
이 세상에는 남아 있구나
눈물 그렁그렁했다
그가 그리던 새벽이 멀지 않은
바로 이곳에 있구나 가슴쳐졌다

우리를 걱정하는 노거수

주암댐이 내려다보이는 승보사찰 송광사 천진암을 오르려면
허리에 도시락 몇 개를 꿰차고 올라가도
헉헉 힘이 드는지
이마에 땀방울이 비오듯 하는 우리들을
부처님 이마 같은 품으로 안아들여
어미의 손이듯 식혀주는 향나무 두 그루 만난 적이 있는가
그 노거수 아래 있으면
떡 우리들의 산길을 가로막고 선
바위도 온화한 미소 띤 얼굴로 풀리고
창창한 숲길에도 멀리 산아래 호수까지 닿는
오솔길에 바람의 발길이 부산한 양이 잘도 보인다
그 넓은 품안이 너무도 아늑하고 고마워
팔백여든 살이나 잡수시느라
얼마나 고생이 많으셨느냐고
이제 좀 잔등을 편히 하고 쉬시라고 두드리면
그게 무슨 말이냐는 듯이
봄이면 어린 나무들이 게으름을 피워
꽃샘추위에 몸을 움츠릴 때에도
뽀얀 싹을 내밀어
산 아래 들에 숨가쁜 봄 물결을 몰고 오더니

한 세기도 살지 않은
사람이 그렇게 자리에 연연해서야 쓰나
최루가스로 온 도시를 눈물바다에 빠뜨리면서도
새파란 싹들을 연민의 눈 한 번 주지 않고
싹뚝 자르고서
한 평도 안 되는 엉덩이를 들어앉힐 자리가
그토록 하늘 모르고 치솟는 금싸라기 땅이던가
사람의 썩어서 질질 흐르는 고름을 보다 못한
노거수가 마침내 눈물을 흘리면서
오늘은 사람의 고름 다 받아
끙끙 앓고 있네

개화

참 신기한 일도 있지
모든 꽃이 다 시든 한겨울에 동백이 피듯
녀석은 우리들이 하나같이 삶에 찌든 30대에
비로소 개화를 준비한 늦둥이다
벌이 좋다고 너 나 없이 탐내는
학원 강사자리를 하루아침에 내던지고
녀석은 똥값이 된 쌀을 짊어지고 나섰다
미국 쌀이 들어오면
논바닥만 갈라지는 게 아니라
공장 기계에도 곰팡이가 슬고
도시 사람들 살림에도 금이 간다고
시골 쌀을 져다가
좋은 것 맛난 것만 찾는 아파트 마당에 부렸다
책을 만지던 고운 손에
검은 매듭이 들도록
미역을 져나르고 농약이 안 묻은 귤을 찾아
시골을 누비는 녀석을 보며
사람 제대로 사는 법이 무엇인지 물어본다
내로라 하던 친구들 밥풀에 붙어
허망한 자리에 매달려 모두 숨은 다음에

비로소 작은 개화를 준비하는 녀석의
땀 범벅 얼굴에서 새벽은 어떻게 오는가
읽는다 땀 배인 그리움으로 읽는다

중개동의 무지개

새벽별과 저녁별을 번갈아 보며
칠십 리 길을 매일 오가느라
침대만 철없는 가시내 엉덩이처럼 출렁거리는 인천 집을
4년 만에 정리하고
서울 중개동 벌판을 며칠째 떠다녔다
보고서 즐길 수 있을 뿐
만지면 이내 물이 되고 마는
얼음꽃이 곤혹스럽게 우리 식구를 맞았다
복덕방 문을 윤이 나도록 밀고 다녀도
우리 세 식구를 안심하고 맡길
방 한 칸은 쉽게 나서지 않고
때로 벌써 몇 달째 버려둔 빈 아파트를 만날라치면
주인은 숫제 코빼기도 보이지 않은 채
리모콘을 든 대리인이 나와
변두리집값을 다 털어넣어도
턱없이 모자라게 전세값을 높게 부른다
사자 젖처럼 넉넉하게 펼쳐진 숲에
달동네 사람들 굽은 허리가 들어가면
서울의 체온은 한결 높아질 텐데
껌값밖에 안 되는 헐값에 입주권을 넘긴 채

토박이들은 다시 더 높은 달동네를 찾아가거나
아예 서울 밖으로 이사가고
낯선 사람들이 빈 집을 두고
하늘과 키재기를 하고 있는 현대판 황야
저녁 끓일 콩나물값 걱정이며
덜컥 뛰어오른 버스 요금 걱정에 여념이 없는 아내를
보이지 않는 철권이
여지없이 때려눕히고 있다
때아닌 봄비 뒤끝에 피어난 무지개를 타고
집 잃은 사람들이 서울 밖으로 나가고 있다

서울의 꽃

서울에서 만난 꽃은
남녘 한 구석에서 만난
수박등 아래 부끄러워 부끄러워
여민 가슴이 설레이던 개철쭉 같지 않아
고까옷 다 걸쳐 입고
희여멀건하게 목욕도 한 것이
그냥 꺾어 하나가 되기에는 미안하다
들여놓기에는 겁나는 샹들리에 불빛 아래
눈부셔 슬금슬금 피해간다
함께 가자고 어깨 걸고 함께
달디단 배를 타자고
제 체온을 고스란히 옮겨
길눈 어두운 우리들을 온통 흔들어
부끄러움을 걷어내고 벌집이 되게 했다가도
함께 새벽빛을 걸어야 할 때는
옆자리가 허전해 등이 시리다
고궁에도 화원에도 발딛을 틈 없이
차지한 꽃들은 한강 폐수 같은 악취 하나
제 집으로 돌려보내지 못해
겨자씨만한 단물을 눈앞에 놓고도

백년지기처럼 하나가 되었다가도
해 저물어 땅거미처럼 섭섭하게 찾아들면
영영 남인 것만 같아
내일 만날 낯선 사람이 그리워
밤을 낮같이 피어 목마르다

길은 나를 데리고

철철 봄을 서두르는 봄비가
채 싹트지 않은 철쭉 위에 내리는 속에
상계동 벌판 위에 선 집에 이삿짐을 푼 첫밤은
발끝까지 깨어 잠을 이룰 수 없었다
화물칸에 실려 오느라
군데군데 뭉개진 가재도구들이 앓는 소리도 그랬지만
벽 속에서 들려오는 소리가
내 머리를 중랑천 모래에 씻어낸 듯 사각거리게 했다
우리 고향마을보다 작은 동네에
벌써 단 세대가 들어와 산다니
사람의 숲도 어지간히 우거졌건만
숲에 끼지 못한 사람들의 기침소리가
밤새 나를 돌아눕게 하였다
얼마 전 아파트 숲을 심기 전에
포크레인 앞에 갈 데 없이 놓여 있던
철거민 남매들의 슬픈 눈을 나는 보았다
깨진 요강 단지들이 굴러다니며
힘으로 뭉갤 수 없는 것이 있다고
바람과 함께 외치던 소리가 지금도 생생하다
4년 반 만에 망가진 이삿짐 위에 떠밀려

그 숲 속의 외진 방 한 칸에 몸을 눕혀도
비바람 앞에 터진 살을 가릴 벽이 정말 필요했던
그리운 사람들은 보이지 않고
구겨진 입주권 딱지만 돌고 돌아
낯선 주인이 건네주는 열쇠 하나 받아들고
구겨진 벽 사이에 눕던 날은
봄을 재촉하는 봄비가
옷은 그대로 둔 채
가슴속 깊은 곳을 흥건히 적시고 있었다

법성포에 가서

중국 쪽에서 몰려오는 갯내음이 포구를 가득 채우고 있지만
끝내 서늘한 박꽃 향기 한 올
길손의 가슴을 퍼내는 것 막지 못하는구나
거울같이 맑고 잔잔한 포구로
오랑캐의 발길질이 몰려들어와
백제의 새벽을 소란스럽게 했다지만
어디 잃은 것 하나 있더냐
끼룩끼룩 참조기 울음도 그치고
폐선들만 즐비한 바다 저편에는
번듯한 원자력발전소가 서서
무지랭이들 빈 주머니에 몇 푼의 돈을 들이밀지만
어찌 우리네 속내까지야 뒤집어 보일 수 있으랴
폐수 탓에 뜨뜻미지근해진 바다에서는
연일 기형의 물고기들이 올라오고
죽음의 연기가 알게 모르게 스며드는 걸
어떻게 감출 수 있으랴
몇 푼의 돈과 푸르디푸른 눈동자를 바꿀 수는 없다고
객지 사람들의 억센 발길에
저 푸른 바다를 채이게 할 수는 없다고
홍농 사람들은 연일 새로 원전이 들어선다며

불도저로 깔아뭉개 벌겋게 드러난 논밭에
둘러앉아 수런거리는 벼가 되었다
썩은 바다의 귀를 여는
알알이 파도소리가 되었다

뒤집힌 얼굴

남쪽에 사는 재구가 보내온 엽서에는
황금색 물결이 출렁거리고 있다
단풍이 어느 화가가 흉내낼 수 없을 만큼
화려하게 물감을 온 산천에 뿌리고 있다
가을이 성큼 눈앞에 밀어닥쳤다
단풍잎 따라 몸도 저절로 흔들리는데
앉은뱅이도 벌떡 신명에 겨워 일어설 것 같은데
열리지 않는 문을 연방 두드리고 있는
한 아낙의 얼굴이 떠올라
보이지 않는 손이 나를 붙든다
17년이라는 긴 세월을
감옥에서 보내는 동안
20대의 젊음이 40대의 중년이 되어 나온 것도 억울한데
유서 대필 공방의 와중에서
거대한 공권력에 맞서서
외롭게 진실을 외치는 서준식 씨를
이미 사문화된 보안관찰법 위반이라는 죄목으로
집어넣어버린 사람들의 서슬푸름을 생각하면
저 들의 황금 물결이 거짓말 같다
잘 익은 알곡이 거짓말 같다

해방 때보다 몇백 배 되었다는
주머니 사정이 훤히 속 빈 강정 같다
꽉 막힌 감옥 안으로 가을 바람을 보내보느라고
젖먹이를 등에 업은 채
철창을 두드리고 있을 젊은 아낙을 생각하면
가을이 참으로 부끄럽다

삼팔선 휴게소에서

노랗게 물든 산하를 보면
바람도 헝클어진 가슴인 것만 같아
덩달아 나그네 걸음에는 신명이 붙는다
자 여기 어디 전쟁이 있느냐
내려앉은 가랑잎은 두께를 더해
울 어매 손길이 누빈 이불 같고
처녀를 간직한 계곡 사이로 흐르는 시내는
고향 동무 말처럼 지즐대고 있다
얼마나 평화로운 정경이냐고
달디단 바람을 맞고 있는 내게
이북에서 넘어와
두고 온 자식 생각에 깊은 잠 들지 못한다는 촌로는
저 가랑잎 속에 숨은
대포알이 안 보이느냐고
흐린 얼굴을 했다
민통선 안 허허벌판에 뿌린 씨앗이
팔리지 않는 쌀 탓으로
똥값이 되어 잘린 허리를 잔뜩 묶고 있다

소래역 소금창고

끌어올려진 폐선들은 물안개에 묻혀
갈 길을 다 지워버렸다
잿빛으로 죽어가는 바다에서는
먹갈치 한 마리도 놀지 않아
삐걱거리는 좌판 구석에는
국적도 모르는 먹갈치가 뒹굴고
미끄러운 개펄을 막아
넓혀진 땅에도 땅의 사람들 꿈을 개킬 자리는 없어
꽃바람 한 올에도
사람들은 짐을 몇 번이나 꾸렸다
다시 푸는지 모른다
이제 물안개 속에 버티는 것이라곤
먹물을 뒤집어쓴 채
지키는 소금창고 몇 채
사람들의 헛된 욕망을 퍼올리듯 넘쳐버린 바다에
허망한 꿈처럼 축대랑 개꼬막 같은 집들
물거품으로 사라진 뒤
참 희한한 은총도 있지
소래 소금창고에는 사각사각 꽃이 돋아나대
자르고 뭉갤수록 그리움은 더욱 큰다는 듯
소금꽃이 죽음 너머에서 돋아나대

북한강

흐르는 물을 보면 안다
제아무리 싸리꽃 향기 가득 품었어도
한 자리 눅도록 지키지 않고
하얀 배를 뒤집으며
낯선 땅을 찾아가고
만지면 부서질 듯
파리한 안개꽃을 데불은 물이
그 자리에 들어와
봄을 꽃피우는 저 물을 보면 안다
하나가 목마르면 뒤에서 채워들어 와
졸졸졸 다시 굽이치게 하고
풀이 나지 않는 땅이면
하늘의 물을 불러
풀무더기 넘치게 하는
저 물을 보면 안다
저 혼자 신명에 겨워
연꽃이랑 고운 흙을 사랑하는 물은
며칠을 못 넘겨
원래의 저마저 못 지키고
썩어 다시는 꽃그늘을 잠그지 못하고

자리를 내주어 저를 뒤집어
멀리멀리 가는 물만이
새벽 바다에 닿는다는 것을
저를 버린 물만이
깨끗한 체온을 얻는다는 것을

보길도의 말

그대로 파도의 말을 품은 섬으로
떠 있게 하는 게 좋았을 것을
고산의 혼이 묻힌 부용동 가는 길
험한 돌부리 걷어내고 반드르한 길 깔렸어도
고산의 가슴에 닿는 길은
서역에 걸린 까치놀처럼 아득하구나
찬 바다일수록 더욱 알차게 영그는 김발을
멀리 태평양 건너 코쟁이들의 햄버거가 밀어내고
저녁 때 지피면 가슴속엣말까지 비치는
솔가리불 대신
매운 연기며 끄으름 하나 없는 가스레인지가
커피 물을 금세 끓이지만
고향의 그림자를 드리울 데는 없구나
철새처럼 찾아들었다가 주머니가 마르기 전에
훌쩍 떠나는 나그네들은
고산의 집 뒷마당의 보드라운 갯돌을
하나같이 제 집에 옮겨놓으려 들지만
안방에 보길도의 파도소리가 들리는 순간
그리운 고향은 꼬리를 거둬가더라
똑딱선에 실어 고향의 그림자를 돌려보낼 걸

그리움 가득 품은 파도의 말
저 피어리게 지켜온 보길도의
처녀를 더 이상 건드리지 말 걸

외인아파트 부근

비가 내려도 왠지 젖지 않는다
벌써 달포째 테레비에서는
손석희의 얼굴이 보이지 않고
느닷없이 가을맞이 가곡제와 죽여주는 영화가
우리들의 눈을 흐리게 만들지만
여기서는 하나도 보이지 않는다
단지 그리운 분필을 쥐기 위하여
피켓 하나 들고 섰다가
닭장차에 갇힌 슬픈 얼굴은 하나도 보이지 않고
백화점의 바겐세일 소식과
꽘으로 데려다주는 신혼여행 소식만
푸짐하게 널려 있는 외인아파트 단지
좀도둑 하나가 들어도
전자눈과 총구가 어디서나 보고 있어
데모대 진압으로 차출되어 텅 빈 파출소를 걱정하지 않아도 좋은
여기서는 남산에 산성비 내려도
하나도 젖지 않는다
조금도 걱정이 되지 않는
푸른 눈의 톰과 메리는 한 사람도 보이지 않고
가까울수록 더욱 멀리 보이는

이웃이 천 리나 떨어진 피붙이인
당신들의 천국에서는 비가 내려도 젖지 않는다

초혼
—고정희 시인 1주기에

천리 남쪽 지리산 철쭉 향기
발 없어도 어느새 달려와
서울 하늘에 미칠 듯한 취기를 뿌리듯
그는 뱀사골에 잠들지 않고
종로 한복판에 큰물로 넘실대네
그를 타넘고 새 땅으로 가라고
죽음도 마다않고 소용돌이치네
속모르는 사람들은 저 흐름에서
듣기 좋은 노래꾼의 소리나 읽겠지만
서울의 벽을 치는 물굽이 하나에도
진종일 뙤약볕에서 깨 터는 해남 어머니
쭈그렁바가지 손이 들어 있고
숨 막히는 인쇄소 구석 납연기 속에서
이즈러진 활자 대신 시의 광맥을 캐던
꿈 많은 소녀의 눈이 짓물러 있어
저는 사십이 넘도록 외기러기로 떠돌면서
지워진 길에 선 길손들 다 가두어
재우던 방의 털실 같은 불빛이 보여
늪으로 빠져드는 어머니에게 빌려주었다가
아직 못 건진 팔이 부르고 있어

다시 날은 어둡고
철쭉 향기는 자취도 없이
양키의 노래와 최루가스를 먹고
더욱 요란하게 삐걱거리는 종로야
지금은 값싼 눈물로 갚을 때가 아니네
갈수록 더 많이 지워지는 길 위의 어린 나그네에게
그를 대신해 옷을 벗어줄 때네
저 요란한 거짓을 헤치며
새벽 바다로 가다가 좌초한 배를 위해
한 바가지 물이 될 때네
별이 되어 남은 길을 외롭지 않게 해줄 때네

젖은 눈으로 2

내 여자의 젖은 눈처럼
는개 출출하게 내리는 날
울산 태화강 가에 가보았지
실밥 뜯긴 인형처럼 흐트러진 도시를
바로 세워줄 늑골 보이지 않고
허리 분질러진 고기들만
도마 위처럼 배를 뒤집고 있대
훤히 트인 길 있어도
가는 사람 보이지 않고
마음없는 물건들끼리 길을 내놓지 않겠다고
시간을 뭉개고 있는 저 멀리
사람들이 포기한 길을 질러
기러기 한 떼 날아가대
누가 가르쳐주지 않아도
제풀에 지워진 길 일으키며
멀리멀리 가대

소래

포구에서 백 리 바다로 나가서야
겨우 쭈꾸미와 도다리가 몇 마리씩 걸려든다
예전에는 집 앞바다에서 끼어드는 게 번거로워
그대로 물로 돌려보내던 이것들이
기다려주는 것만도 고마운 일이라 해야 할까
고기보다 더 많이 라면봉지가 그물 가득 올라오는
저 바다는 누구의 것이냐고
뜨내기 선원 강씨는 연방 술을 들이킨다
때깔이야 독버섯이 더 곱다지만
남동공단에서 쏟아붓는 폐수를 먹고
비늘에 윤기마저 도는 갈치를 앞에 두고도
무엇이 모자라 뱃길을 막아
물을 썩게 하고 다시 화약 실험장까지 짓겠다는 말인가
쥐꼬리만한 보상금에 흔들리는 선주들은
모래톱에 배를 얹어놓고 저울질이 한창이지만
수평선 가득 황금색으로 물든 노을을
수십 년이나 나눠 갖고 살아온 좌판 상인들은
바다의 태를 뗄 수는 없다며
돌을 져다 붓는 포크레인 앞에 몸을 던졌다
는개 물컹한 저 바다는 뜨내기들의 것이 아니라
뼈를 묻는 사람들의 것이라며 횃불을 들었다

스트립 포커 1

파랗게 은행잎 물들어오는 토요일 오후
은행잎보다 사람들 넘실거려도
만날 사람은 없고
보이지 않는 벗을 찾아 컴퓨터 앞에 앉는다
낙타가 없이도 사막을 건너는 법을 찾아
컴퓨터와 스트립 포커를 벌이며 시간을 죽인다
주머니 바닥이 훤히 보여도
라스베가스에 갈 수 있는 길이 있다고
당신의 허물어진 몸매가 멋진 자본이 될 수 있다고
모니터 속의 여자는 연방 손짓을 해보이고
내 작은 방을 비웃으며
얄팍한 월급봉투 걱정은 멀리 던져두고
온통 달디단 초콜릿으로 된 나라로
내 손을 이끈다
자칫 잠 속으로 빨려들지 모르는
오후 시간을 돌연 활기에 넘치게 하고 있다
꼬부랑 말들만 나올 줄 알았던 컴퓨터에서는
미국 여자들이 아슬아슬하게 나와
돈이 떨어지면 옷으로 대신할 수 있어요
아무리 차가운 심장이라도 다 녹여버릴 듯

요염한 미소를 흘려보내고
어느새 돈을 딸 생각은 멀리 달아나게 한 채
부끄러운 그곳이 나오게 하느라
기둥이 뽑히는 줄도 모른 채 거금을 걸고
그것도 모자라 열다섯 배나 판을 늘리고
더욱 빨려들다보면
시간은 이처럼 꿀일 줄 어찌 알았으랴
책이고 월급이고 다 쏟아부어도
하나도 아깝지 않다
그래도 한 푼 잃을 것 없다고
꿀 같은 시간에서 빠져나오기 싫어하는 녀석을 보며
태평양을 건너 뻗어온 전화선 하나가
우리네 머리를 꽉 졸라매는 올가미로 보인다
작은 낙타누깔을 넘어
검은 손이 우리나라를 다 덮은 게 보인다

스트립 포커 2

크레믈린궁에 눌러살던 고관대작들의 수염이
스스로 키운 양자들의 손으로 뽑히는 걸 보며
웃는 친구들을 보면 쓴웃음이 지어진다
이순신 장군을 막아선 옛 총독부 건물이
철거된다는 소식에
역사의 한 페이지라도 찢겨나간 듯
가슴아파하는 이들을 보면
몰라도 너무 몰라 하는 생각이 물컹
목을 메이게 한다.
그대가 아무리 높은 벽을 세웠다 해도
아무리 큰 자물쇠를 채웠다 해도
너는 속살까지 훤히 비치고 있어
벼랑 속의 램프처럼 들여다보고 있어
미사일이 아니라도
꿀맛 하나로 너를 고스란히 녹일 수 있어
태평양을 건너온 나체 사진 하나가
내 눈을 온통 빼앗으며 말했다
이 세상에 정말 무서운 것은 총이 아니라고
풀잎같이 부드러운 것이라고
바람에 떠다니는 음모 하나가 우리나라를 칭칭 감아

돈줄도 도망갈 구멍도 없이
꽉 묶으면서 말했다

스트립 포커 3

실오라기 하나도 다 가져가거라
항상 짐이었던 살
다 가져가거라
네가 다 가져가도
우리는 허물 한 겹 벗으면
다시 태어나거니
금융시장도 다 가져가고
훤한 돋보기로
우리나라의 개미 한 마리 움직이는 것도
다 본다지만
네가 가져간 것은 허접쓰레기
저 짙푸른 민심의 한 가닥도 건지지 못했구나
네가 다 가져간 뒤에야
우리는 이렇게 선다
뼈로 선다

스트립 포커 4

너는 언제나 져준다
고스톱 판에서도 한 번도 돈을 만져본 적이 없는
내 솜씨지만
너하고 마주 앉아서는
빳빳한 네 돈을 수천 달러씩이나 거머쥐고
또 모자라 허물 같은 네 옷을
총총한 별빛 아래 벗긴다
때 없는 맨살이 드러나고
부끄러운 그곳까지 다 벗긴다
미국 여자야
나는 얼마나 어리석으냐
벗겨도 벗겨도 하나도 보여주지 않는
네 속의 바다를 어찌 다 헤아리랴
그 바다에서 헤매고 있는 동안
너는 전화선 하나로
우리들의 은행을 다 털어가고
철의 삼각선에 참호를 더 깊이 파
우리나라의 허리를 더욱 개미 허리처럼 졸라매고
이 땅의 쇠뿔 하나도 남기지 않는다
한눈 한 번 팔 새 없이

휘황한 몸을 벗어
나를 묶는 이국 여자야
나는 다 이기고
끝내 다 털리고 일어선다

스트립 포커 5

월미도에 와서 멍든 안개를 걷으며
미국서 오는 배의 삥끼통에 숨어온 여자를 찾는다
연변에서 지각변동으로 땅이 붙기를
옷고름도 풀지 않은 채
40년이나 기다린 지사의 딸은
입맛이 맞지 않아
뭍에 발 붙일 틈도 없이 황해로 버려지고
파스텔처럼 곱게 묻어나는 방부제에 싸여
수만 리 뱃길에도 에이즈를 털끝 하나 건드리지 않은
코 큰 여자를 찾아 무적 속에 떠다닌다
배를 뒤집고 죽은 고래처럼
숨가빠 있는 화물선 옆구리에 가려서
바다는 초승달만큼도 보이지 않는다
저렇게 큰 것들만을 만드느라 분주한 사이
미처 먹이를 나눠받지 못한 새끼고래들은
영광굴비랑 바나나가 창고마다 썩어가는
냄새를 온몸으로 그리워하며 죽어가고
미국 누이의 손톱에 뜬 낮달이
보이지 않게 다가와서
옴짝달싹도 못하게 우리들을 삼켜버렸다

고석정 별밭에 앉아

한 발짝만 헛디디면 북쪽 고향으로 닿을 듯
금강산 철길 끊어진 자리 여지껏 아픈
고석정에서 별바라기 하는 저녁
남녘의 별밭을 북으로 데려가는
바람은 얼마나 달던지
사람들은 자리를 털 줄 몰라라
임꺽정의 체온 고스란히 스며 있는
고석정 하늘은 얼마나 높았는지
어깨 맞대고 하늘의 별을 세며
사람이 너무나 작구나
들킬까봐 숨을 죽인다
십 리 밖에 어머니의 허리를 칭칭 감은
녹슨 철조망 사이에 두고
떠드는 대북 대남 방송 아무리 시끄러워도
가을 밤 모서리를 비비는 물여치 울음 한 올
어린 길손의 가슴 다 쓸어내도록
지우지 못하대
제 가슴에 못을 박듯 펼쳐진
지뢰밭 아무리 넓어도
돈으로 바꿀 수 없이 펼쳐진 별밭이
북쪽 친구네 마을까지 다 덮어버리대

제비꽃에 너를 보는

시간의 화살을 타고 너는 훌쩍 떠났지만
너는 더욱 우리들 영혼의 속살을 벗기며
부끄럽게 벗기며 함께 있구나
너를 위해서는 한몫도 남기지 않고
기꺼이 타올라
새벽으로 가는 길 한 걸음 앞당기고
홀홀이 외로운 길 떠난 친구야
만졌다 싶으면 파도로 부서지고
가졌다 싶으면 빈 가슴으로 남는 친구야
세상을 사로잡던 화려한 꽃들
열흘을 못 넘기고 진 다음
이웃들에게 마른 자리 다 내준 다음
어느 꽃도 꺼리는 두엄더미 곁
생글거리는 제비꽃 한 송이에서
너를 본다
요란한 악수는 없어도
포옹 뒤 그 자리 언제까지나
남아 있는 체온 같은
파도 위에 탄 향기 같은
내 사람아

수덕사에 가서

대천 바다로 가는 길 제아무리 넓어도
정작 보이지 않는 손이 틀어쥔 아가리 앞에
우리는 묶이고 말았거니
어둠의 팔이 완강하게 가두어버린 물안개 한켠
옷고름 푸는 처녀처럼 걷히며
열린 세상을 헤아려본 적이 있는가
울 엄니 애잔한 등처럼 꼬부라진
산길 한 가닥에 기대어
덕숭산 자락을 더듬으며
햇살이 노곤하게 반질거리는
풀밭에서 한나절 정신을 빼앗기기도 하고
내 여자의 허리처럼 잘 빠진
돌 틈새로 잦아드는 시냇물에 귀를 씻는 일이
우리네 들뜬 이마를 식혀주지만
한 발짝만 물러서면 망각의 강 저편으로
묻혀 돌아오지 않는 것을 너는 보느냐
부드럽고 매끄러운 일
다 흘러간 다음에야
한 말이나 땀 흘리게 한 고갯길이랑
네 여린 살을 물어뜯어

선연한 피 돋게 한
모난 돌이 오래 된 지기처럼 다가오는 것을
팔팔한 것들은 우리들을 한 치도 움직이지 못해도
죽음을 앞두고 빨갛게 물들어가는 단풍 몇 날이
우리들의 막힌 속을 환히 여는 것을

돌을 만지며

요즈음은 웬일인지 돌을 보면
제자리를 찾아주고 싶어 근질거린다
벌써 몇 달째 지줄댈 줄 모르고
고여 있는 안양천의 꽁무니를
돌팔매질로 밀어 흘려보내고 싶다
씽씽 돌아가야 할 기계를 잠재운 채
몇 푼 더 벌자고
술잔을 쥔 화장범벅 얼굴을
알루미늄캔처럼 구겨버리고 싶고
목적지도 없이 대학로에 모여
튀기는 젊음이 안쓰러운 친구들을
마음먹고 주물러주고 싶다
그렇게 망설임 없이 돌을 던지고 돌아온 밤이면
마감뉴스에 미군에게 맞아 죽은 금이의 얼굴이
너무 티없고 포근하게 비친다
아무 대책도 없이 버린 이웃들에게
날린 돌들이
퉁퉁 부어 내게 돌아온다

대천 바다의 말

철 지난 해수욕장을 젓고 다니는 회오리를
찢어진 탈의장 비닐 한 자락이 견디고 있다
걸리는 게 없어서
파도의 말이 잘 들리는 늦가을
객지 맛이나 톡톡히 자아내자고
어린 나그네는 퍼득이는 숭어를 만지듯
땟자국 눈물처럼 번지는 주모 손을 쥐지만
여자는 부끄러운 손 뺄 생각은 없이
여기서 잽히는 고기는 하나도 없소
다 먼 나라에서 사온다요 한다
파도의 말 흘려듣고만 있었더니
밀려오는 한 자락 한 자락
다홍치마 피 범벅이네
온몸으로 넘기는 누이들의 터진 등이네
넘어가지 않는 회 한 점
서울 쪽 검은 하늘로 냅다 던지고 말았다

4월의 주소

그 자리에 못박혀 서 있지 말라고
그대로 잠들면 오래 깨어나지 못한다고
아지랭이가 나무들을 흔드는 날
풀들의 머리를 감아올리는 날
민들레 한 송이 부끄럽게 들고
수유리로 간다
찾는 이 없어
꽃샘바람 앞에 머쓱한 무명 묘비를 보며
몸 깊숙이 숨은
삶의 때 벌거벗은 듯 부끄러운데
탑 아래 차려진 꽃 향기
길 아래까지 자욱하고
오늘만은 탑신의 구리도 보석같이 반질거리는데
모처럼 한자리에 모인 사람들
거추장스런 몸만 들여놓고
마음은 모두 딴 데 가 있네
그날의 젊은 눈빛 찾아볼 수 없이
모두가 반백으로 바뀌고
땅 속의 벗들께 주는 글은 길지만
누구 하나 마음에 담지 않네

문득 수유리로 닿는 길을 봉쇄당한
길 아래 젊은이들이
4·19를 수유리에 가두지 말라고
목소리 높이고 가슴을 내밀자
부드럽고 따스한 포옹 대신
가시만 우수수 쏟아 피흘리는
오늘은 어느 봄날에서 찾아도
보이지 않는다
뿌리까지 얼어붙이며
온 들을 발 아래 둔 겨울도
아낌없이 주고 민들레 한 송이 향기로
스르르 풀렸다는데
그 향기 다 누린 사람들 입이란 입 다 막고
귀란 귀 닫아
더 오래고 긴 겨울로 돌아서는
오늘의 주소는 어디에서 찾으랴

작은 겨자씨 한 알

《말》지 5월호 표지에서
처음으로 너를 만났다
올봄에 도둑맞은 표 이야기를
부대를 빠져나온 네가
찬 새벽 우리들의 잠결에 쏟아놓을 때만 해도
너는 너무 뜨거워 가까이 갈 수 없는
불덩어리 같았다
따스한 체온이라곤 한 점도 없어 보이는
영창 문을 당당히 열 때에도
안쓰러움이 앞을 가릴 뿐
너는 얼음산에 박혀
다시는 다시는 만질 수 없을 것 같았다

그런데 망각의 강을 건너
이제 누구도 도둑맞은 표 이야기랑
선거가 끝나자마자 흐물흐물 풀어준
표 도둑들의 꼬리가 사라진 일 따위가
까맣게 실종된 아침
추억의 사진첩처럼 얼굴을 내민 너는
우리에게 무엇이더냐

제목만 손바닥으로 가렸다면
한잔 술로 새벽을 맞는 벗이거나
더운 가슴 열어젖히고 타작마당에 선
내 아우와 하나도 틀리지 않는 네 모습에서
비로소 잃어버렸던 나를 찾아온다
바위는 결코 또 하나의 바위로 깨뜨리는 것이 아니라
작은 빗방울들이 모이고 모여 깨뜨리는 것임을
썩은 두엄이 아무리 산이어도
한 올 제비꽃 향기로
온 들에 봄 내음을 만개하게 할 수 있음을

겨자씨같이 작은 것이
제아무리 거짓의 덩어리 거대해도
마침내 이기고 만다는 것을
네 때묻지 않은 평화에서 읽는다
손바닥으로 아무리 하늘을 잘 가리고 있어도

이 작은 책 속에

손바닥만한 작은 책 속에
활자들을 담으며 미안하다
비록 몸집은 작지만
이 꽃씨 같은 말들 앞에서
가슴을 베일 미지의 벗들의 얼굴을 떠올리면
가슴에 납덩이 같은 게 맺히는 걸 어쩌랴
손바닥만한 책에 담기는 말들아 미안하다
본디 네 모습이라곤 찾아볼 수 없이
이리 자르고
저리 가르고
달콤한 사탕만 네게 넘겨주면서
함께 아파야 할 일들은
소 내장 들어내듯 자르고
눈 가린 길만 내게 주면서
얄팍한 월급봉투나 만지는
나는 참으로 미안하다
할머니가 잎새 저버린 가을 뒷개에서 받으시던 꽃씨처럼
봄이 되어 활짝 날개를 펼 수 있다면
갑갑한 활자를 빠져나와
행간에 숨어 있는 진실을

마음껏 토해낼 수 있다면
소리 없는 비명을 들으며 미안하다

집을 옮기며

찬 바람이 살갗을 깨무는 것도 모른 채
집을 구하러 다녔다
인천의 만수동 구석에서 서울 혜화동까지
칠팔십 리 길을 매일같이 오가느라
새벽별보기 하는 것도 겁이 나
4년 만에 집을 보러 다니다보니
턱없이 싸게 판 집에 걸맞는
싼 전세집은 보이지 않아
얼마나 속으로 억새처럼 울었는지
얼마나 고슴도치 등 같은 것이
솟아올랐는지 모른다

그나마 비어 있는 집이 없어서
울며 겨자먹기로 찾아든 집은
원주인은 딱지값만 헐값에 팔아넘기고
여우 목도리를 두른 복부인이 나타나
도장을 찍잔다
얼마 후에 우리 식구에게 문을 열어줄 그 도깨비집을 보며
이러니 집을 아무리 지은들
달동네 사람들에게는 그림의 떡이겠구나

뜨거운 것이 저 멀리서 북받쳐 올라온다

어디선가 자꾸 슬픈 얼굴들이 고개를 쳐드는 것 같아
배운 사람으로 몸 둘 데가 보이지 않았다

물

물의 팔은 완강하다
하룻밤 새에 목포 방조제를 넘어뜨려
산정동 언덕의 꼬막 같은 집들을 쓸어버리고
하늘이 준 목숨을 파리같이 여기는가 하면
쩍쩍 갈라진 논에서 시들어가던
벼들의 목깃을 세우는
물은 다 점령당했을 때
더욱 파릇파릇 무지개로 일어선다

공무원의 침과 똥이 버무려진 시멘트로
오려진 분당 아파트를
하루아침에 무너뜨리기도 하는
물은 참으로 굳센 근육을 가졌다

부드러운 몸으로 흘러가면
저 바위도 몸을 열어
이동통신을 밀어붙이다가
그만 무너지고 말더라
가만히 쏘에서 빙빙 도는 물을 보니
그런 물은 겉만 멀쩡할 뿐

대통령이 소리치면 돌아가고
손을 떼면
반신불수가 되는 썩은 물을
데려갈 바다는 어디에도 없다

깨끗한 새벽을 위하여

온 산에 불을 붙이듯 올라가는 단풍을 보며
마음을 빼앗긴 친구여
펄럭이는 다홍치마만 보지 말고
저 들에 채 익지도 못한 채
드러누운 벼들도 보아라

누구는 열려 있는 옥문
다시는 닫히지 않을 것이라 하고
다시는 붓을 꺾어
거짓으로 가득 찬 종이들
거리에 쏟아지지 않을 것이라지만

때깔이 대단한 겉만 보지 말고
돌보는 이 하나 없이
땀 범벅 쇳소리를 숨기며
떠받치고 있는 형제들의 어깨도 보아라
때로 물안개를 퍼올리듯
부두 가득 져다붓는
화물의 거푸집 밑에
소용돌이치는 파도를 깨물고 있는

사람들의 노곤한 밤도 잊지 말아라

그런 서슬푸름을 넘어
어깨 부스러지는 힘겨움을 넘어
지금은 모든 것이 평온한 아침
모든 빗장이 벗겨진 것처럼 보이는
빈 집 빈 집들

하지만 설익은 열매를 삼키기 전에
한꺼풀 벗겨보아라
평온한 바다에 넋을 놓기 전에
소용돌이치는 물 밑도 보아두어라
빙산의 한쪽에 쌓인 것들을 놓고
먼 여행길을 끝낸 것처럼
손을 씻고 있는 未明의 불분명함 속에
거대한 선박을 받치고 있는
형제들의 얼굴은 기억되고 있지 않다
열려진 문들은 닫힐 기미를 보이지 않은 채
고문의 기술자들은 여전히 발톱을 숨기고 있다

참으로 깨끗한 새벽은
누가 있어 대신 열어주지 않는 법
아직 거친 파도를 베고 있는
형제들의 어깨를 완강하게 묶고 있는
저 밧줄 다 풀릴 때까지
함께 잡은 손에 더욱 힘을 주자
그 어떤 거짓과 달콤한 말로 포장된 약속으로도
멈추게 할 수 없는 우리들의 길
우리들의 땀 우리들의 아름다운 상처로
길고 험한 어둠의 빗장을 열고
참으로 깨끗한 새벽을 맞기까지
지치지 말고 밀고 나가자

민들레를 위하여

울 아버지 똥포를 지고 들로 나갈 때
어린것들 코 싸쥐고 도망가는 통에
부엉이 이마같이 비좁던 고샅이
훤히 넓어지던 걸
넌 봤제
꽃나비가 펄펄 날아도
울타리에 부딪쳐 낙상하지 않을 만큼
펴지던 울 아버지 어깨의
땀방울을 봤제
울 엄니 흉년에 몰래 버린 애깃보도
돌돌 말린 강아지똥도
애리디애린 배고픔의 기억도
촐랑촐랑 다 담은 똥포가 버려지던
초봄의 텃밭에는
개도 얼씬 않더니
세상은 참으로 모를 일이여
오래 두고 볼 일이여
그 등창난 계집같이 버려진 땅을 뚫고
초롱초롱 해맑은 꽃대궁을 내미는
민들레는 참말로 모를 일이여

인왕산의 새

그 옛날 왕이 살던 집을 넘어보면
메어치는 곤장에 남아나는 엉덩이가 없었다는데
오늘은 청와대를 가리키며 삿대질해도
누가 하나 말리는 사람 없네
언제 호랑이가 나올지 모를
험한 산길은 사라지고
초소를 만드느라 닦아놓은 계단을 따라
정상까지 갈 수 있으니
얼마나 편한 길이냐
허이허이 올라가는데
북쪽에서 날아온 인왕산 새 한 마리
험한 산길도 숲에 숨은 레이더도 막을 수 없이
날아다녔는데
달라진 게 무어냐고
재재거린다
사람 사는 법 제대로 보일 때까지
당연히 오를 길을 올랐을 뿐인데
새삼스레 놀랄 게 뭐 있느냐고
허공을 박차 오른다
돌뿌리 몇 개 파내 시멘트를 이기고

호랑이가 다니던 길에
철조망을 막아
허위허위 숨을 헐떡거리며 오르지 않아도 된다고
이렇게 편한 길 놔두고
왜 그리 막았느냐고
청와대 분수 앞에서 찍은 기념사진 자랑에
침이 마르는데
문득 산 아래에서
팔리지 않은 벼를 태우는 연기 자욱하여
인왕산 새의 갈 길을 막는다

황학동 만물시장에서

빛나고 때깔나는 건
너 다 가져가거라
성하고 보기 좋은 꼴
너 가져다 붙여라
두 귀가 망가진 사진기랑
허리 부러진 채
빙빙 도는 축음기 바늘만으로도
에디뜨 삐아프의 전율을 실을 수 있거니
너 다 차지하거라
키 작은 벼는 아랑곳없이 치솟는 땅이랑
가려도 가려도 비치는
큰 방도 부족하여
너는 다시 입을 벌리지만
네가 버리고 떠난 진흙탕에
나는 넉넉한 자리를 마련하거니……

어느 뱃속 편한 압구정동 부부가
갈라서며 흘리고 간 멀쩡한 칠보장이랑
한발 유행에 뒤졌다고
때깔 고운 창녀처럼 구겨진 털코트랑

헐거워진 러시아 국경을 빠져나온
따발총식 사진기 나부랭이만으로도
이 겨울은 얼마나 따스한가

한 자락 가리지 않은 채
서울의 뒷골목을 그대로 옮겨다 놓은
고물시장 난전을 둘러보노라면
새것은 다 죽은 것이다
섣불리 버려진 것들이야말로
새벽 이슬이다

큰 손에는 너무도 작아
큰 집에는 너무도 어울리지 않아
버려진 것들만으로도
우리들은 부자이거니
망가진 전축 가득 실린
에디뜨 삐아프의 노래가
해 설핏한 황학동 시장 바닥을 취하게 한다

북한산을 오르며

가을도 파장이 되어
더 이상 보여줄 것이 없을 때에야
고갱이 깊이 숨긴 향기 은근히
풀어주는 산버드나무 향기 맡으며
산을 오른다
말을 건네지 않아도 훤히 아는 여자처럼
만만하게만 여겨져
깔딱고개 저것만 넘으면
내것으로 다 만들었거니 하지만
거친 숨 몰아쉬며 고개를 밟자마자
너는 네 품을 떠나
저만치 비켜서 있다
한 능선을 발 아래 놓았는가 싶으면
돌뿌리 몇 개 박아 다른 길을 내놓고
그 길에서 흐르는 땀 거두기 무섭게
깎아지른 바윗길을 내미는
네 앞에 서면
부스러기처럼 밟혀 거두었던 목숨들
죽음 저편에서 손을 흔든다
첫잔은 부드럽게 이끌지만

끝잔은 끝 모를 미망의 바다로
표류하게 만드는 술기운
잔잔히 퍼지는 능선을 오르다보면
정말이지 우리가 두려워할 것은
크고 험한 바위가 아니다
작은 발길 하나에도
짓밟아 죽일 수 있는 벌레들의 울음이다
순하디순한
더 이상 부드러울 수 없는 손길
저 안에 도사리고 있는 잔인한 얼굴이다

뒤로 걷는 아름다움

천 년 내리 그리움 삭여온
화순 도암 운주사 돌부처도
가려워 어깨를 들먹거리는,
네 외사랑 가시내의 속눈썹을 풀어놓은 듯
사방에서 날려오는 버들개지에 넋 놓은 사람아
누더기도 비단으로 둔갑시키며
눈 못 뜨게 하는 꽃보라만 보지 말고
가려진 땅 속의 뿌리에도 눈길을 주어라
아침마다 눈뜨면 따갑도록 밟히는
볼모들의 측은한 등에 손뼉을 치지 말고
숨어서 끈을 풀었다 놓았다 하는
무게 중심에도 마음을 주어라
한 뼘 땅만 파보아도
저 푸르름 몇 날을 끌고 갈 수 없이
썩은 뿌리에 늘어붙은 벌레들은 안녕한가
꼭꼭 숨은 이름들을 불러보아라
그날 아낌없이 거름이 되어진 이들
침묵 너머의 두루마리 말
오늘 누구도 하지 않고
속이 빈 열매를 놓고 다투며

뒤로 걷는 게 더 아름다운 사람들
훠어이 훠어이 꽃보라에 실어보내며

돌

돌을 던진다
어릴 적 동구 밖 방죽에 파문을 그리듯
시원한 돌팔매질 한 번에
콩나물 시루 같은 종로 복판이
잔디가위 지나간 다음처럼 훤히 트인다
돈암동 산동네 비탈을 만나면
돌개바람이 되어 뜰 데 없는 세입자들을 삼키고
인왕산에서 오는 소리를 만나면
아무 데나 허리띠 풀고
돈을 세는 사람
뒷덜미나 후려치고 슬슬 빠져버린다
핑핑 돌아도 시원찮은 기계를 놔두고
일손을 놓아버린 노동자들의 뒷모습에
돌을 던진다
내 피 묻은 손 앞에
무릎을 꿇지 않은 게 없다는 건
얼마나 재미있는지 몰라
그렇게 묵사발을 내주고 온 밤
가물가물 들여다본 마감뉴스에는
버스 토큰 몇 개가 슬며시 고개를 들먹거리며

내 불쌍한 주머니를 넘어다 본다
내가 던진 돌이
씽씽 내 얼굴 복판으로 날아든다

운주사에 가서 2

소복을 한 찔레꽃 향기
비릿하게 나그네의 가슴을 비워내는
천불산 기슭
아무리 접어들어도 산은 나오지 않고
버려진 누이들의 샅만 널려 있더라
포화에 날아간 형제들의 사지만
흩어져 있더라
너를 휘감는 것은 초여름 산들바람이지만
내게는 벗들의 잘린 혀가
돌밭을 튀는 소리더라
산비탈에 흩어진 죽은 돌부처에
넋을 뺀 사람아
내 눈에는 식어 있는 돌 아닌
코가 뭉개진 무명의 전사,
잘린 머리를 돌려받을 길 없는 밀사의 주검,
으깨어진 샅은 놔둔 채
화려한 겉옷만 날아다니는 누이들의 얼굴이 겹치더라
죽어서 천 년을 기다리지 않고
버려진 돌들이 잃어버린 체온을 찾아
사람들 사이로 걸어가는 걸

새로 만든 복전함이랑
미끈하게 새로 올라간 절이 가로막고 있는
운주사가 새로 올라간다
누이의 짓무른 샅처럼
검붉은 노을이 드리워진 폐허 위로
업 하나 또아리 풀어 빠져나간다

거제 앞바다에서

삼동을 견뎌온 진주조개의 엉긴 가슴이 풀렸나
봄이 스무 걸음쯤 먼저 온
거제 앞바다는 물안개의 세상이네
하루 건너 황사바람으로
갈 길 보이지 않는 서울 하늘
불쌍한 이웃들에게 맡겨두고
먼 나라 동백 향기나
한 무더기 사자고 떠나온 남행길
가까이 오지 말라고 다친다고
짝배들 등 떠밀며 첨벙거리는 철선이
져다 붓는 파도가 여린 꽃들 다 꺾어버린 파장이네
속절없이 객지 맛을 앗긴 길손
죽은 바다 앞에 손 놓고 있었더니
문득 어디선가 다가와
흐린 귀를 열어놓는 향기 한 자락
길손에게 객지 맛을 나눠줄 꽃은
달력을 앞서 지고 없는데
안개를 져다 붓는 파도의 갈피갈피에 실려오는
실오라기 같은 한 올 두엄자리 익는 냄새
쇠를 주물러 만들지 못할 것이 없다지만

당신들의 마음대로 하지 못할 것이 있다고
아무리 마개를 꼭 비틀어놓아도
터지고 말 소리들은 있다고
길손의 가슴 왼통 헝클어놓네

신사동 타잔 노래방에서

네가 마이크 하나에
온통 너를 쏟아붓는 걸 보면
쌩쌩거리며 흘러가야 할 물을
어떻게 이제껏 가둬두었을까
얼키설키 싸리울과 엉성한 애국심으로
더 이상 현해탄을 무서운 기세로 넘어오는 파도를
도너츠만한 음반 한 장에 실려와
우리들의 거리를 온통 장악해버린
아메리카의 무거운 몸을 더 이상
뿌리칠 수 없다는 생각이 물컹하다
대낮에도 벽들 다 허물어져
젖어 내리는
신사동 노래방에서 불러젖히는
노랫가락에 네 알몸
훤히 비친다
정작 우리들을 마약의 강에 쏟아넣는 것은
일본 신주꾸나 라스베가스의 광란이 아니라
밤을 대낮같이 밝히는 그 광란을 옮겨놓고
우리들이 한눈을 파는 사이를 즐기며

음모를 꾸미는 사람들이다
숨어 있는 끈이다

난도 앞 너럭바위의 말

높이 날아야 멀리 본다는 괭이갈매기도
가장 낮은 내 어깨 위라야
작은 평화 한 모금 얻는다
한 번 건드리기만 해도 터질 듯
딸기 같은 꿈 안은 사람아
하루아침에 세상을 다 바꿀 듯
몰아치는 뜨거운 입김아

해당화를 다 뭉개고
사람의 마을을 다 휩쓸어가는 해일이
나를 편히 쉬어도 좋은
넓은 이마로 다듬은 줄 알지만
나는 하나도 무섭지 않아
한 입에 삼키자고 달려드는
고래 배에서 토해낸 듯
거친 파도는 하나도 무섭지 않아

글쎄 나를 망친 건
미칠 듯 미칠 듯 꽃 냄새마저 품고
수시로 나를 탐하고 가던

온몸이 저릿하게 감겨드는 물결이었어
작고 부드러운 발로 다가와
쉴 새 없이 다가와 나를 핥고 간 바람이었어

나를 연꽃잎처럼 편안하게 만든 건
단번에 꺾고 말겠다고
이를 세워 달려드는 거친 파도가 아닌
한 발짝 한 발짝씩
진종일 펴지지 않는 허리로
뻘을 파나가는 울 엄니 헤진 손길이었어
지치고 힘들지만
끝내 멈추지 않고 가는 형제들의 삽질이었어

거제 앞바다의 말

진주 조개의 눈이 풀렸나
봄이 스무 걸음쯤 먼저 온
거제 앞바다는 물안개 자욱하네
지친 가슴에 동백꽃 향기
한 무더기 안으려 했더니
황사바람 며칠에 어린 꽃들
힘없이 져버렸다네
길손은 온통 진주의 눈물을 퍼내는
바다를 바라보고만 있었더니
문득 어디선가 다가와
흐린 귀를 열어놓는 향기 한 자락
길손에게 객지 맛을 나눠줄 꽃은
달력은 거짓이라고 지고 없는데
안개를 져다 붓는 파도의 갈피갈피에 실려오네
식은 줄 알았던 그리움이
상어의 저 너머에서 되살아나듯
아무리 마개를 꼭 막아놓아도
진실의 입은 터지고 말듯
폐허가 된 포로수용소 너머에서
파도의 말 들려오네

갓 태어난 책을 받아들고

제본소에서 막 나와
내 손에 올려진 너는 티 없는 처녀다
꼬부라진 글자 하나도 담지 않고
아름다운 생각들로 가득 찬 속이
훤히 비친다
찌들은 시장바닥과 뒷골목의 삶 대신
깔끔한 카페의 식탁보가
펼쳐져 있는 게 잘 보인다
하지만 웬일이냐
너를 옥동자처럼 받아들고도
애비 모르는 아이를 안은 때처럼 불안한 것은 웬일이냐
무너지는 탄광촌에서 월급 한 푼 못 받고
쫓겨나 고생하는 사람들의 이야기를 듣고서도
버려진 탄더미에 핀 꽃의 아름다움만을 노래했고
시장바닥에서 푸성귀 몇 낱을 만지는
아주머니의 글은 무대접으로 안중에 두지 않았다
매끄럽게 한답시고
꾸부러진 것들 죄다 펴고

이치에 맞지 않는다고
책깨나 읽은 나의 눈으로 다 뜯어 고쳐
정작 그들의 뜨거운 가슴은 다 도려내고
낯선 심장을 들어앉혔다
내 작은 손 안에서 심장을 파닥이다가
저 낯설고 힘한 세상으로 갈
너를 보며 미안하다
네가 다시 태어난다면
아니 네 동생을 만들 때에는
내 칼을 거두고
네 심장으로 고동으로
네 꾸밈없는 그리움으로 생을 노래하게 하리라

비디오의 땅 3
－《천국으로 가는 장의사》를 보며

서울길 아득한 변방에서
만지면 터질까
무너진 극장 뒤 가을볕같이 여윈 판 하나
시디롬 위에 얹어놓고
헐리우드 영화 속으로 빨려든다
가을 비같이 기울어가는 집 살리자고
알루미늄 캔처럼 청춘을 구기고
돈줄을 따라간 여자
이제 새삼 그립지 않아
눈물처럼 흘러내릴 것 같은 새벽 안개 속
눈이 큰 흑진주를 데리고
멋지게 갱들의 총격을 피해 숨는
모니터 속의 잭슨이 바로 나야
누구에게도 방해받지 않고
영화관을 통째로 사버린 나를
이제는 누구도 말릴 수 없어
줄 잘 짓는 영국 병정처럼
빈 술병들을 세워가며
시간을 뜨겁게 달군다

세계 최고의 블랙들이 펼치는 확실한 블랙 코미디. 막이 열리자마자 금괴를 강탈한 흑인갱단이 할렘가로 숨어들어 마구 총을 쏘아댄다. 어두운 거리에서는 쓰레기통을 뒤지다 달아나는 거지, 눈먼 뜨내기를 한바탕 잡아끌다가 혼비백산하여 달아나는 검둥이 창녀들의 소동이 벌어지고. 그렇지, 도둑은 제 발이 저리다고 텍사스 변경 무지랭이는 텍사스 건달이, 할렘을 전전하는 좀도둑은 개천에서 용 났다고 기뻐하기도 전에 할렘 출신이 더 사정없이 치는 법이거든. 그래야 겨우 얻은 자리 지키고 출세하는 데 지장이 없는 법이라구. 흑인 경찰들이 흑인 갱단을 쫓아 덮친 술집 사보이에는 여자들로 득실거리지만, 치마만 둘렀다 하면 막대기도 껴안는 뜨내기들을 붙들어 침대에만 들면 금새 가발을 벗은 갱이다.

이 세상은 돈 많은 백인이 아니라도, 머리가 빠개지도록 글이 많이 든 오렌지 카운티 출신이 아니더라도 멋지게 살 수 있어. 피부색이나 지방색이 사람의 내일을 결정하지 못한다고, 우리도 백인보다 더 훌륭한 형사가 될 수 있다고 검둥이 형사들은 검둥이 갱을 골목 끝까지 쫓고.

뚱뚱이 장의사 잭슨이 갱과 도척의 개들을 유유히 따돌리고 검은 진주 이마벨과 함께 유유히 고향으로 가는 기차에 몸을 싣던 대목에서는 얼마나 신이 났던지!

이제 혼자 보내야 하는 주말이 두렵지 않아
마음속 화톳불 일구며
나 혼자의 극장 베개에 푹 파묻힌다
더 진한 행복을 사려거든
더 큰 돈을 내세요
시든 국화처럼 깊어가는 가을밤
필름과 현실은 백지 한 장 차이야
그까짓 세금 따위는 생활에 찌든 말단들이 가져가도 좋아
먼 길 가려면 가까울수록 더욱 높게 담을 쌓아야 해
내 속에서 또 다른 내가 차갑게
나를 다그치고 있다

영화에서 멀리 쫓아보냈던 할렘의 거지들이 쓰레기통을 뒤
지며, 가발만 벗으면 갱으로 둔갑하는 남장의 미녀들이 후줄
근히 젖어 문 밖에서 닫힌 문들을 연방 두드리고 있다.

황룡강 둑길에 서서

서로 만지작거릴수록 더욱 찰랑거리는
해거름 황룡강에 드리운
어등산의 얼굴을 본 적이 있는가
장성 광산 머슴애들은 그 얼굴에 미쳐
풍덩 노을 빛 알몸을 던져 여름을 살았지
강마을 계집애들 나물 캐다 말고
한 오라기 남기지 않고 물에 들어도
조금도 부끄럽지 않았지
흉년이 찾아든 어느 해가는
마른 풀도 만나기 어려웠던 염소들이
마음껏 강물을 들이키는 모습이 좋았지
덩달아 어린 것들도 강물에 잠긴 어등산의
풀꽃들을 건져 올리며 배를 채우면
멀리 학다리 고막원까지
아이들의 활짝 핀 얼굴은 떠내려갔지
그 아이들 어른 되어 물거품처럼 사라지고
어등산으로 뉘엿뉘엿 해 넘어가는 저물녘
갈참나무 짊어지고 강을 건너는 할아버지
기침 소리 잦아든 강변에
우뚝 선 타이어공장 굴뚝들

배고픔은 옛일이라고 더운 연기를 내뿜네
누군가 훔쳐갈라 거친·손 휘저으며
황룡강 물을 바닥까지 들이켜
튀기는 흑인의 살결 같은 타이어들 쏟아내네
읍내에는 검은 돈 넘치지만
든든하지 않은 건 웬일인가
한발 건너씩 밀림처럼 빽빽한 술집에서
새벽별이 뜨도록 옛 전우들과 잔을 말려도
어린 것의 배를 어머니 손길처럼
따스하게 채워주던 황룡강 맑은 물이
눈에 선한 건 웬일이냐
콸콸 쏟아지는 더운 폐수 등살에
숨져간 풀꽃들의 무덤만 즐비한 강가에서
온 입안을 깔깔하게 채우던 삐비꽃이 그리운 걸
어쩔래 너는 어쩔래

망해사*에 가서

왼쪽에는 활시위처럼 팽팽하게 당겨진 물 끝에서
황금 놀 부서지는 황해
오른쪽으로 고개 돌리면
끝 보이지 않는 벌판이 누워서
상투 잘린 봉준이 울음 같은 칼바람 몰아친다
사람의 소리 얼마나 믿을 수 없었으면
햇살 차가워진 9월 깊어도
솔이파리 끝 하나도 무디어지지 않았을까
빠른 바퀴로 아무리 달려도
종점 내보이지 않는 들에
넘치는 까슬한 벼들을 보았는가
채워도 채워도 양반의 곡간은 아가리를 닫을 줄 모르고
낼모레 명절을 앞세우고도
꼬막신 하나 지게에 얹을 수 없는
김개남의 마른 등이 우는 걸 보았는가
저 바다 목말라

---

* 망해사(望海寺) : 전북 김제군 심포 포구 곁에 있는 절.

백합조개마저 숨끊기는 개펄
누렇게 엎어졌을 때
어머니의 치마 같은 저 벌판
다 털어가고

여윈 등 까슬하게 비비는 볏짚만 날릴 때
우리가 모든 것 다 내놓았을 때
그 무엇으로도 채울 수 없이
넉넉하게 차오르는 그리움
비로소 회오리쳐오는 걸
너는 보느냐
어느 거친 손찌검도 걷어갈 수 없는
저녁놀 한폭
비단길 열어
막힌 속 하늘까지 훤히 뚫는
김제 만경 벌판
끼룩끼룩 조기 떼의 울음이
온통 뒤집어 버려도
나는 몰라 나는 몰라

젖은 눈으로

첫판 1쇄 펴낸날·1994년 10월 31일
지은이·박몽구ⓒ/펴낸이·김혜경/펴낸곳·푸른숲
서울시 서대문구 충정로 3가 270 백왕인쇄문화 4층, 우편번호 120-013
출판등록·1988년 9월 24일 제 11-27호
전화·(편집부)364-8666 (영업부)364-7871~3/팩시밀리·364-7874

값 3,000원

✱ 잘못된 책은 바꾸어 드립니다.
ISBN 89-7184-076-5 03810
✱ 저자와의 협약에 의해서 인지는 생략합니다.